www.tredition.de

Brigitte Held

„So sind wir halt"

Gedichte

für Frauen   und Männer

mitten aus dem Leben

© 2017 Brigitte Held
Umschlag, Illustration: Brigitte Held

Verlag: tredition GmbH, Hamburg

ISBN
Paperback   978-3-7439-2763-6
Hardcover   978-3-7439-2764-3
e-Book   978-3-7439-2765-0

Printed in Germany

Inhaltsverzeichnis:

Gedichte:

Fortsetzung Inhaltsverzeichnis

Freust Dich heute schon auf morgen

Du bist schlau und Du bist weise
dessen bist Du Dir gewiss.
Doch die Zweifel kommen leise
ob Du wirklich Herr noch bist.

Du bist manchmal wirklich zickig
fühlst Dich schlecht und kannst nicht denken
und Du fragst Dich immer öfter:
„Sind`s die Drüsen, die mich lenken"?

Ist`s vielleicht die Hypophyse,
die an Deinem Hirn anhängt?
und mal wieder durch Hormone
Deine Stimmung für Dich denkt?

Oder liegt`s an den Gestirnen,
dass Dir manchmal nichts gelingt?
Ist es Saturn oder Mars gar,
der Dich aus der Ruhe bringt?

Liegt`s vielleicht an Deinen Jahren,
ist es eine Siebner-Zahl?
Kreist in seiner Umlaufbahn denn
Jupiter zum fünften Mal?

Und da sind auch noch die Gene,
tief verankert irgendwo!
Wirst Du seltsam wie die Oma
oder wie die Mutter froh?

Auch der Körper sich verändert,
war er gestern doch noch glatt,
kriegt er Falten nun und schlendert,
Brust und Hintern werden platt.

Doch Du willst nicht länger grübeln,
nimmst nun selbst es in die Hand:
Anti-Aging-Cremes und Peeling,
Joggen, Laufen auf dem Band.

Mineralien, Vitamine,

ganz viel Wasser und auch Luft,

Joga, autogenes Training

und der Ärger, der verpufft.

Fängst zu strahlen an von innen,

machst Dir nicht mehr weiter Sorgen.

Bist jetzt wieder ganz die „Alte",

freust Dich heute schon auf morgen.

Pfeifst auf Gene und Hormone,

willst nicht Acht auf Sterne geben.

Neue Falten, und? Was soll es?

Ach wie schön ist doch das Leben!!!

Können diese Augen lügen?

Können diese Augen lügen?
das hast Du mich oft gefragt
um den Finger mich gewickelt
und nette Dinge mir gesagt

War die Süßeste und Klügste
und die Schönste aller Schönen
ach was konntest Du mit Worten
meine Seele doch verwöhnen

Ja ganz liebevolle Namen
die hast Du mir oft gegeben
ach so viele kleine Lügen
stets versüßten mir das Leben

Hast in mancher schönen Stund mich

wie `ne Königin behandelt

Dich auf wundersame Weise

in den „Märchenprinz" verwandelt

Haben mich so oft verzaubert

diese wundervollen Worte

uns gemeinsam brachten diese

dann an märchenhafte Orte

Diese süßen kleinen Lügen

mag ich heut noch gerne hören

ja das hat sich nicht geändert

weil sie stets noch mich betören

Wickel Du mich um den Finger

ich werd gerne mich Dir fügen

wenn Du liebevoll mich fragst dann

„Können diese Augen lügen?"

In my dreams

It`s in my dreams, *where my feelings get free*
nothing else matters, just you and just me

There in my dreams everything seems so clear
and we can love us, no worry, no fear
None of us cares, how much different we are
all badly thoughts we can easily bar

It`s our heart, our body and soul
there`s nothing else, that does play any role
There I can feel it, how deep my love is
my body`s trembling with every kiss

It`s in my dreams, where my feelings get free
nothing else matters, just you and just me

There do no doubts and no troubles exist
and we can feel, what so long we have missed
Feelings so innocent as the first time
like the beginning, when all it was fine

But something`s wrong, I suddenly awake
and what I can see, looks as if a fake
I blink with my eyes, but all I can see
is your lovely face and it smiles at me
Your look is so sleepy and so it seems
seconds before you still were in your dreams

And then I notice, your feelings are free
nothing else matters, just you an just me

And now we can feel, how deep that love is
and it gets deeper with every kiss
It`s our heart, our body and soul
there`s nothing else, that does play any role

It`s like a dream, *everything seams so clear*
there are no troubles, no worry, no fear
It`s like a dream and it all feels so fine
so we make love now just like the first time

Ich will alles

Ich will alles oder nichts nun
mach nie wieder halbe Sachen
Wenn was andres ihr erwartet
ja da ist nichts dran zu machen

Kompromisse waren gestern
doch die gibt`s nicht mehr ab heute
Wenn euch das auch nicht gefällt jetzt
tut mit leid für euch ihr Leute

Ja ab heut wird alles anders
bin nicht mehr wie ihr mich kennt
Nein, ab jetzt bin ich die Neue
die, die alle überrennt

Kein „vielleicht" und kein „ich weiß nicht"
damit ist es jetzt vorbei
Nein, ab heut bin ich die Harte
und nicht mehr ein weiches Ei

Ich will alles jetzt auf einmal
ja will alles und zwar fix
und sollt` doch ich damit scheitern
ja dann hab ich eben nix

Abschied

So richtig können wir`s nicht fassen,
Du willst uns heute ganz verlassen.
Warst hier mit uns jahrein, jahraus
und plötzlich bleibst Du jetzt zu Haus.
Willst nun auf and´ren Wegen gehen,
ganz oft jetzt Deinen Enkel sehen.

Das Leben hält so viel bereit,
dafür ist jetzt die beste Zeit.
Nie mehr "Hopp, hopp, geht`s nicht noch
schneller?"
Holst jetzt die Liege aus dem Keller.
Machst nun was wirklich zählt im Leben,
musst nicht nach großen Dingen streben.

Viel Sonnenschein und Kinderlachen
von nun an soll`n Dir Freude machen.
Und kommen auch mal trübe Tage,
wir sind noch da, gar keine Frage.

Erzählen Dir dann uns´re Sorgen,
was uns erwartet jeden Morgen.
Ganz schnell vergisst Du dann den Kummer,
gern bist Du raus aus dieser Nummer.

Ihr seid meine Sonne

Ihr seid`s, worum hier alles geht
warum die Welt für mich sich dreht
Seid meine Sonne, warm und hell
die Zeit vergeht doch viel zu schnell
Genieße all die schönen Stunden
ich hab mein Glück in Euch gefunden

18 Jahr

Ein ganz besond`rer Tag ist heut

denn heut da wirst Du 18 Jahr

und bist Du auch erwachsen jetzt

so bleibt doch vieles wie es war

Wirst immer unser Kind ja sein

ganz gleich wie alt auch schon Du bist

und wir sind immer für Dich da

weil`s ein Bedürfnis für uns ist

Doch ist die 18 ganz speziell

es öffnen sich jetzt Türen

nun manche Dinge ändern sich:

Ein Auto darfst Du führen

darfst alles unterschreiben jetzt

und außerdem noch wählen

auch langes Ausgehen, Alkohol

zur neuen Freiheit zählen

Und wenn auch neue Ziele jetzt

zieh`n Dich in ihren Banne

und wenn Du auch erwachsen bist

bleib stets das Kind im Manne!

Was fehlt zum Glück?

Warum machst Du mich glücklich nicht?
Siehst Du`s denn nicht als Deine Pflicht?
Hast`s doch versprochen, lang ist`s her
sag ehrlich mal, weißt Du`s nicht mehr?

Wolltest doch tragen mich auf Händen
Dich ganz und gar für mich verschwenden

Kannst aber Du der Grund nur sein
wenn ich oft fühl mich so allein
Wenn etwas fehlt in meinem Leben
wem sonst könnt ich die Schuld dann geben?
Wenn ein Tag so wie jeder ist
der Grund doch sicher Du dann bist

Vielleicht zu einfach mach ich`s mir?
Der Grund der liegt gar nicht bei Dir?
War`n die Erwartungen zu groß?
dass mir das Glück fällt in den Schoß?

Nun hab ich nochmal nachgedacht
Hab ich gefragt? denk jetzt zurück
„was fehlt denn Dir zu Deinem Glück?"
Ging`s Dir vielleicht genau wie mir?
Hab viel versprochen ja auch Dir

Muss denn vielleicht man seinem Leben
auch selber einen Inhalt geben?
Man besser zueinander findet
wenn allzu eng man sich nicht bindet?
Wenn Zeit man auch verbringt mit Dingen
die einem selbst Erfüllung bringen?

Drum muss ich lösen mich ein Stück
und suchen nach dem eignen Glück
War stets fixiert total auf Dich
muss mich jetzt fragen: Wer bin ich?

Hab ich gefunden meinen Frieden
werd sicher ich noch mehr Dich lieben
Und hast auch Du Dein Glück gefunden
für immer sind wir eng verbunden

Blauer Dunst

Dir das zu sagen fällt mir schwer
warst Freund mir doch in jeder Lage
Ach Du geliebter blauer Dunst
war immer froh, dass ich Dich habe

Durch Freud und Leid hast mich begleitet
hast oftmals Trost auch mir gegeben
Durch alle Höhen und auch Tiefen
gingen gemeinsam wir durch`s Leben

Doch hab ich längst es schon gespürt
dass Du hast mich belogen
jetzt uns`re Liebe mich erstickt
weil Du mich hast betrogen

Wenn auch ich mich nach Dir verzehre

wir dürfen uns nicht wiederseh`n

Drum muss ich scheiden, oh Geliebter

wir sonst gemeinsam untergeh`n

Obwohl es schwer fällt mir so sehr

weiß ich was jetzt zu tun ich habe

denn wenn ich bleib, das ist gewiss

liegen gemeinsam wir im Grabe

Ob Mann, ob Frau

Ach *was wär ich gern ´ne Frau*

säß Zuhaus und machte blau

müsste nur die Kinder hüten

Essen macht man heut aus Tüten

Hausarbeit, was soll das sein?

Macht sich doch fast von allein

Kommt der Mann dann müd nach Hause

sagt sie „Schatz ich brauch `ne Pause

keine Ruh ich heute fand

ach, komm geh mir doch zur Hand"

Redet auf den Mann dann ein

ach was war sie heut allein

muss jetzt teilen ihre Sorgen

was gescheh`n war seit dem Morgen

Doch was soll der Mann denn sagen?
Muss sich auf der Arbeit plagen
ganz früh morgens aus dem Haus
Frau und Kinder schlafen aus

Ach *ein Mann so gern ich wär*
Männer haben`s doch nicht schwer
wenn 8 Stunden sind vorbei
geh`n sie heim und haben frei

„Schatz, hab Hunger wie ein Bär
musste arbeiten so schwer"
würd mich auf die Couch dann legen
und kein bisschen mehr bewegen
schrei`n die Kinder, kann sie geh`n
möcht sein Fußballspiel er seh`n

jeden Mittwoch geht er fort

denn ein Mann, der braucht ja Sport

auf ein Bier am Samstag raus

schläft am Sonntag sich mal aus

Und was soll die Frau da sagen?

Muss rund um die Uhr sich plagen

sind dann noch die Kinder krank

liegen bei ihr Nerven blank

Und *die Moral von dem Gedicht?*

Geschlechter tauschen geht ja nicht

doch sehen beide hin genau

dann ist`s egal, ob Mann, ob Frau

jeder hat`s mal leicht, mal schwer

gibt einmal wenig, einmal mehr

Doch hört man zu dem andern stets

und fragt auch manchmal „na, wie geht`s?"

und wenn man sich die Hände reicht

zufrieden beide sind vielleicht

„Normal"

Bist Du auch so wie die andern?
Ganz „normal", wie man so sagt?
Gibst Dich immer wie erwartet
bloß auf keinen Fall gewagt?

Bist bestimmt doch gut erzogen
weißt genau, was sich gehört
hältst Dich immer an die Regeln
auch selbst dann noch, wenn`s Dich stört?

Machst auch alles wie die andern
stets im Großen und im Ganzen?
Immer angepasst und brav auch
nur nicht aus der Reihe tanzen?

Oder bist Du etwa anders?
Hast es immer schon gewusst?

Weil die Ecken und die Kanten

brachten Dir schon manchen Frust?

Sagst oft einfach Deine Meinung

auch wenn`s andern nicht gefällt?

Viel zu schnell geht dann Dein Mund auf

wo man ihn doch besser hält?

Heuchelei bringt Dich in Rage

kannst nicht leiden Lug und Trug

und drum wirst Du Dich nicht ändern

denn

> *„Normale" gibt's genug*

Hältst auch sonst Dich nicht an Normen

welche Kleidung ist grad „in"?

Warum ausseh`n so wie alle?

Macht für Dich doch keinen Sinn

Nein, Du bist nicht wie die andern
Du hast Deinen eignen Stil
und was andre davon halten
das bedeutet Dir nicht viel

Ja vielleicht bist Du exzentrisch
schwimmst auch aufwärts gern den Strom
bist am Ziel dann angekommen
ist doch doppelt oft der Lohn

Nein, Du bist nicht so wie andre
fühlst Dich manchmal auch allein
doch Du wirst Dich niemals ändern
denn

„normal" willst Du nicht sein

Ein Auge weint, das and`re lacht

Du bist die nächste nun im Bunde
die ganz verlassen diese Runde
Auch Du warst hier so viele Jahr
was stets zu uns`rer Freude war

Denn hast doch uns mit Deiner Art
vor manchem Arbeitsfrust bewahrt
Warst gern bereit zum Scherze machen
und brachtest uns so oft zum Lachen

Kam einer um die Eck` geschwind
warst Du es, unser Wirbelwind
`nen Gang kannst runter schalten nun
auch wenn`s genug noch gibt zu tun

Nein, kannst noch nicht Dich ausruh`n jetzt

weil nun Du durch die Landschaft hetzt

Ob Walken, Rad fahr`n oder Schwimmen

so wirst Du weiterhin Dich trimmen

Und sehnst Du Dich nach Meer und Wind

dann fährst Du einfach hin geschwind

`Ne Lücke hinterlässt Du jetzt

wo keiner Dich für uns ersetzt

Und gleich da wirst Du einfach geh`n

wenn traurig wir hier alle steh`n

Für Dich doch fängt was Neues an

auf das Du Dich gefreut hast lang

und wird die Tür heut zugemacht

ein Auge weint, das and`re lacht

Wer soll die Frauen nur versteh`n

Belüg mich nicht, ich bitte Dich
sei immer ehrlich so wie ich
Das sagte sie zu ihrem Mann
weil Lügen sie nicht aussteh`n kann

Und weil er liebt ja seine Frau
nimmt er`s ab heute ganz genau
So kommt`s, dass er, wenn sie ihn fragt
von nun an nur die Wahrheit sagt

Und als sie klagt: „Ich bin zu dick"
er gleich dann mit dem Kopf schon nickt
Sie wirft ihm zu `nen strengen Blick
grad so, als ob `ne Bombe tickt

„Nein, nein sagt er, das ist die Norm
doch kaum `ne Frau behält die Form"

Ganz rot wird sie nun im Gesicht

„Heißt das denn, ich gefall Dir nicht"?

„Doch klar, würd immer noch Dich wählen

weil ja die inn`ren Werte zählen"

Nun seine Frau die wird ganz still

und er weiß gar nicht, was sie will

Drum schnell wirft er noch hinterher

„Du weißt, ich lieb Dich trotzdem sehr"

Hoch ihre Augenbrau`n jetzt geh`n

Wer soll die Frauen nur versteh`n

Wie kommt bloß er da wieder raus?

Er denkt ganz schnell sich etwas aus:

„Und wenn Du`s wissen willst genau,

wollt immer schon grad so `ne Frau"

Da plötzlich fängt sie an zu lachen
„Kannst gern mir Komplimente machen"

Weil ihre Stimmung hellt jetzt auf
da legt er gleich noch einen drauf:
„Warst früher doch nur Haut und Knochen
doch dafür konntest Du gut kochen"

Ach wär er besser still gewesen
die Frau, die kommt jetzt mit dem Besen
So schnell kann er nun gar nicht schau`n
da fängt auch schon sie an zu hau`n

Die Nacht darauf da liegt er wach
verbannt jetzt aus dem Schlafgemach
Das hat man nun vom Ehrlichsein
ins Fettnäpfchen gleich tritt man rein

Doch als der Morgen dann schon graut

hat er die Frauen längst durchschaut:

„Sie wollen uns`re Flunkerei`n

von wegen, immer ehrlich sein"

Sie woll`n die Lügen nur nicht nackt

nein, stets als Wahrheit schön verpackt

Auch wenn sie selbst dann sich betrügen

so lieben sie`s doch, wenn wir lügen

I love you

Are these only simple words
of the easy spoken sorts?
Does it mean, this lasts forever
can you make it ending never?

Is it only ment for a time
or is it always yours and mine?
Can you feel it ´till you´re old
keeps you warm or getting cold?

Only strong, when life is bad
do you need it, when you`re sad?
Will it leave, when life seems bright
no more needed in the light?

Does it grow and will it stay
or will time it blow away?

Can it sleep and let you lonely
emptiness and nightmare only?
Then awake, all seems forgotten
that your heart did touch the bottom?

Many questions, so much fear
makes you cry sometimes a tear
Other times it takes you high
the sun is shining, blue the sky

You feel the fire and the heat
your skin is burning oh so sweet
and that desire is so strong
you know, together you belong

While years go by, so warm and kind
it`s peace and happiness you`ll find
but even so that life may bore
and then perhaps you ask for more

The feeling, that there is no action
and so you can`t get satisfaction
Will it be here and make you see
how pleasable real love could be ?

And although world keeps turning
that fire will stop burning
Is it still there and will it show
that deeply love will always glow?

And so I ask myself and you
what does is mean?

                    I love you, too

Quecksilber füllt man in Zähne

Wie schön ist`s doch in uns`rer Zeit
alles verpackt steht schon bereit
Wir brauchen nur es aufzureißen
um gleich mit Wonne abzubeißen.

An Aluminium keiner denkt
nicht ein Gedanke wird verschenkt
was alles sonst noch steckt im Essen
auch Weichmacher wir ganz vergessen

In Cremes und Shampoo Parabene
Quecksilber füllt man in Zähne
Durch Düngemittel und im Fisch
kommt`s direkt auch auf uns'ren Tisch
Im Kohle-Kraftwerk es verpufft
verteilt sich heimlich mit der Luft

Merkst lange schon, dass was nicht stimmt
und was die Energie dir nimmt
Gehst jetzt zum Arzt, dir geht`s nicht gut
fragst dich, was ist in meinem Blut?

Fühlst dich, als hättest du getrunken
die Wahrnehmung, die ist gesunken
der Puls ist hoch, der Blutdruck auch
der Kopf tut weh und auch der Bauch
Dein Körper fühlt sich fremd jetzt an
die Nerven plötzlich wie im Wahn
Dir schwindelt und du bist ganz schwach
die Beine werden gar nicht wach

Wirst untersucht jetzt ganz genau
der Doktor aber wird nicht schlau
Vielleicht vom Kummer kommt der Schmerz
belastet Stress doch auch das Herz
Bekommst Tabletten jetzt und Blocker
damit bestimmt wirst wieder locker

Die Krankheit doch ist nicht behoben
man hat sie nur noch aufgeschoben
In ein, zwei Jahren oder drei
ist`s mit der Ruhe dann vorbei!

Der Körper schreit, nur jetzt viel lauter
in Herz und Hirn mit Wucht nun haut er
Und wieder gehst zum Doktor nun
der sagt, da kann man gar nichts tun

„Warum nicht früher bist gekommen?
Hast du das Schreien nicht vernommen?"
Du bist jetzt krank, ist nichts zu machen
man kann das jetzt nur überwachen
Noch mehr Tabletten kriegst du jetzt
auch die vielleicht mit Gift durchsetzt?

Die Ursache ist nicht behoben
die Krankheit einfach weggeschoben
In ein, zwei Jahren, oder drei
ist`s mit der Ruhe dann vorbei!

Nimmst immer öfter jetzt ´ne Pille

damit im Körper herrscht nur Stille

Musst nicht zur Arbeit mehr jetzt geh`n

dort kann dich keiner mehr versteh`n

Ziehst um auch in ein neues Haus

dort seh´n sehr freundlich alle aus

Die Pillen gibt`s dreimal am Tag

und auch `ne Spritze noch, wer mag

Man bringt das Essen dir ans Bett

du musst nur lächeln immer nett

Das Personal im weißen Kittel

bringt gern zum Nachtisch noch ein Mittel

Und so verbringst nun du die Tage

an dich erinnerst dich nur vage

Warum gleich bist du nochmal hier?

Du weißt es nicht

egal ist`s dir

In ein, zwei Jahren oder drei ....

Ich brauch Dich nicht

Ich brauch Dich nicht, ich schaff`s allein
ich kann auch ohne Dich gut sein
Die Welt die dreht sich nicht um Dich
nein neben Dir gibt`s auch noch mich

Auch ich weiß was ich will genau
obwohl ich bin doch eine Frau
geb meine Träume auch nicht auf
nehm dafür dann manch Kampf in Kauf

Werd niemals unterwerfen mich
darauf kannst gern verlassen Dich
Auch nicht mehr auf dem Stühlchen steh`n
dafür jetzt eig´ne Wege geh`n

Hab Kompromisse oft gesucht
und Deinen Dickkopf dann verflucht

Nein, ich werd mich niemals fügen
auch nicht mehr mich selbst betrügen

Ich brauch Dich nicht, ich schaff`s allein
wenn Du`s so willst, dann soll`s so sein

Bis zum Mond

Ich lieb von hier Dich bis zum Mond
Du Kleiner bist mein Sonnenschein
und ganz egal, was auch passiert
ich lass Dich niemals je allein

Seitdem Du bist auf dieser Welt
macht alles plötzlich einen Sinn
ich bin so froh, dass es Dich gibt
weil ich seitdem so glücklich bin

Ich lieb von hier Dich bis zum Mond
egal wie weit das auch mag sein
vom ersten Tag an war mir klar
ab heut bin ich nie mehr allein

Du bist für mich wie ein Geschenk

es könnt kein größ`res geben mehr

und dass Du bist so wie Du bist

darüber freu ich mich so sehr

Ich lieb von hier Dich bis zum Mond

und dann gleich noch einmal zurück

ja seit Du bist auf dieser Welt

kenn die Bedeutung ich von Glück

gewidmet meinem Sohn

er ist inzwischen erwachsen, aber für mich
nach wie vor der Inbegriff von Glück

Hinz und Kunz

Ach man muss genau schon wählen
was man wem denn kann erzählen
will man nicht doch, dass die Sorgen
Hinz und Kunz schon wissen morgen

Ja hinter vorgehalt`ner Hand man
doch so manch Geheimnis teilt dann
„Ist streng vertraulich, was ich sag
und Du musst schweigen wie ein Grab"

Dein Gegenüber lauscht gespannt
„Ja, das ist wirklich interessant"
Sie sagt, ganz ernst jetzt ihr Gesicht
„Das ist schon klar, ich halte dicht"

Doch an der nächsten Ecke schon
da schnappt sie sich das Telefon
ruft ihre beste Freundin an
weil diese auch gut schweigen kann

Und weil doch Wort die Freundin hält
sie ihrem Mann es nur erzählt
Auch der erzählt`s ganz im Vertrau`n
nur auf der Arbeit ein, zwei Frau`n

Auch diese sind ja sehr diskret
weil das Problem man doch versteht
Wenn auch im engsten Kreise nur
bricht eine doch dann ihren Schwur

Und so macht von Mund zu Munde
das Geheimnis seine Runde
und kommt auch leider irgendwann
an einen ganz speziellen Mann

Dem wird im Magen jetzt ganz flau
reden die `grad von seiner Frau?
Er muss die Ruhe jetzt bewahren
Ist ihm das wirklich widerfahren?

Die Stimme, die fängt an zu beben
„na warte, die kann was erleben"

Ja hast vielleicht doch schlecht gewählt
Du hättest besser nichts erzählt

gewidmet meinem Lebensgefährten

Lebenselixier

Was ist`s, was mich mit Dir verbindet
dass ich nicht ohne Dich kann sein?
Kann ich nicht Deine Stimme hören
warum fühl ich mich dann allein?

Wenn Du mich nimmst in Deine Arme
verspür ich eine seltene Kraft
Sie fließt hindurch durch meinen Körper
und wirkt wie neuer Lebenssaft

Und nimmst Du meine Hand in Deine
dann wird`s so warm im Herzen mir
Sie breitet aus sich dann die Wärme
und wirkt wie Lebenselixier

Drum hör nie auf, mich festzuhalten
sonst wird`s in mir so schrecklich kalt
Denn ist verschwunden Deine Wärme
werd ich erfrier`n und ganz schnell alt

Ist das zu viel verlangt?

Du sehnst Dich nach Geborgenheit
ein trautes Heim und Zweisamkeit
`ne starke Hand für alle Fälle
die immer ist sofort zur Stelle

`Nen richt`gen Mann, der alles kann
gibt`s ein Problem, packt er es an
Musst aus dem Alltag Du mal raus
schon führt zum Essen er Dich aus

Ist Dir zum Kuscheln dann zumute
soll er ganz weich sein jetzt der Gute
Und liegst Du müd in seinem Arm
die ganze Nacht hält er Dich warm
Vom Himmel holt er jeden Stern
ach ja, er hat Dich schrecklich gern

Um Euch der Rosmarin der rankt
das ist doch nicht zu viel verlangt?

Ich hoffe, ich habe Dir nicht zu viel
versprochen, und es hat Dir ein wenig
Spaß gemacht, meine Gedichte zu lesen.

Falls Du auch irgendwelche Ecken oder
Kanten hast, mach Dir nichts draus,
denn die machen Dich vielleicht sogar
noch ein kleines bisschen liebenswerter,
und Du weißt ja

„so sind wir halt"

liebe Grüße

Brigitte

FSC
www.fsc.org

MIX

Papier | Fördert
gute Waldnutzung

FSC® C083411

Zeitfracht Medien GmbH
Ferdinand-Jühlke-Straße 7
99095 Erfurt, Deutschland
produktsicherheit@kolibri360.de